Gottfried Kinkel

Die Ueberlieferung der Paraphrase des Evangeliums Johannis von Nonnos: 1. Heft. Bericht über den Codex Florentinus und den Codex Venetus

Gottfried Kinkel

Die Ueberlieferung der Paraphrase des Evangeliums Johannis von Nonnos: 1. Heft. Bericht über den Codex Florentinus und den Codex Venetus

Unveränderter Nachdruck der Originalausgabe von 1870.

1. Auflage 2024 | ISBN: 978-3-38636-816-2

Antigonos Verlag ist ein Imprint der Outlook Verlagsgesellschaft mbH.

Verlag: Outlook Verlag GmbH, Zeilweg 44, 60439 Frankfurt, Deutschland, info@outlook-verlag.de
Vertretungsberechtigt: E. Roepke, Zeilweg 44, 60439 Frankfurt, Deutschland
Druck: Libri Plureos GmbH, Friedensallee 273, 22763 Hamburg, Deutschland

Die Ueberlieferung

der

Paraphrase des Evangeliums Johannis

von

Nonnos.

Dr. Gottfried Kinkel,

Privatdocenten der classischen Philologie an der Universität Zürich.

Erstes Heft.

Bericht über den Codex Florentinus und den Codex Venetus.

Zürich,

Druck und Verlag von J. Herzog.

1870.

Herrn Professor Dr. Gustav Volkmar

zum 26. März 1870

dargebracht

vom

Verfasser.

Vorwort.

Ich übergebe hiermit dem wissenschaftlichen Publicum einige Mittheilungen aus italienischen Handschriften. Seit Jahren mit der Herbeischaffung von Material für das unter Prof. Koechly's Direction erscheinende „Corpus Epicorum Graecorum" beschäftigt, glaube ich mit einigen Proben, welche einen Einblick in einen Theil des bereits Gewonnenen gestatten sollen, hervortreten zu dürfen. Die Schrift kann dann auch als Einleitung in die auf eine neue, handschriftliche Grundlage gestellte Ausgabe dienen, die, wie ich hoffe, in nicht zu ferner Zeit die Presse verlassen soll.

Zürich, 12. Mai 1870.

Der Verfasser.

Inhalt.

I.

Das Gedicht, von dem in dieser Schrift die Rede sein soll, ist namentlich im sechzehnten und zu Anfang des siebzehnten Jahrhunderts eifrig gelesen und studirt worden. Die Zeit von 1500 bis 1627 hat uns zahlreiche Ausgaben hinterlassen; diese stattliche Reihe wird von der Aldina[1]), der editio princeps, eröffnet, von der Heinsius'schen Arbeit[2]) abgeschlossen. Auch fehlt es nicht an lateinischen Uebersetzungen. Obwohl nun die meisten dieser Ausgaben den blossen Text geben und sich nicht auf die Erklärung desselben einlassen, so ist doch wohl kaum zu bezweifeln, dass dieselben wesentlich den Zwecken der Lektüre und der Exegese dienten. Gerade die kritische Behandlung des Gedichts lag im Argen; wenn man auf diese wenig Werth legte, konnte bloss der Inhalt fesseln. Und so war es auch; diese erstaunliche Masse von Ausgaben spricht für die Popularität des Schriftchens, das später in Vergessenheit

[1]) Dieselbe enthält auf 51 Blättern in Kleinquart den blossen Text. Eine kurze Beschreibung der Ausgabe bei Ebert II, S. 206. Ich habe sie im Sommer 1869 auf der Marciana benutzen können. Die Ueberschrift s. bei Passow. Es ist eine editio sine loco et anno: nach Ebert ist sie 1501 erschienen.

[2]) Danielis Heinsii Aristarchus sacer, sive ad Nonni in Johannem Metaphrasin Exercitationes . . . . Accedit Nonni et S. Evangelistæ contextus . . . . . L. B. 1627.

gerathen ist. Sein Schicksal ist in der That sehr merkwürdig. Denn während die Ausgaben und Auflagen sich bis 1627 förmlich drängen, ist von dem genannten Jahre bis 1834 kein Wiederabdruck erschienen. Dieser Umstand ist schon vor mir bemerkt worden, ohne dass es bis jetzt gelungen wäre eine hinreichende Erklärung dafür aufzufinden; doch kann ich nicht umhin, die witzigen Worte Passows anzuführen[3]).

Dieser letztere lieferte dann im J. 1828 einen Abdruck der ersten fünf Capitel[4]); die vollständige Ausgabe[5]) erschien erst nach seinem Tode. Sie ist von N. Bach besorgt; derselbe hat sich seiner Aufgabe in ziemlich befriedigender Weise entledigt, wenn auch constatirt werden muss, dass namentlich die Correctur nicht mit der Genauigkeit vorgenommen worden ist, welche bei einer wissenschaftlichen Leistung vorausgesetzt werden darf[6]). Auch in den Noten finden sich manche falsche und lückenhafte Angaben.

Vor Passow ist der Heidelberger Sylburg der einzige gewesen, welcher die Kritik des Textes systematisch anfasste[7]). Derselbe lieferte in seiner 1596 erschienenen

---

[3]) Vorrede S. IV f.: „Post *Danielem Heinsium* in Aristarcho sacro deficiunt editiones, deficit ipsa carminis lectio et pertractatio critica; sive injustæ *Heinsii* criminationes ab infelice libello averterint recentiorum hominum ingenia, sive philologi propter argumentum theologis, hi propter scripturæ genus illis concederent, ut ὥσπερ ἱερά τις ὀργάς intactum in medio relinqueretur opusculum, sive alia tam longæ intercapedinis exstiterit caussa."

[4]) Festprogramm der Universität Breslau zum 3. Aug. 1828.

[5]) „Nonni Panopolitæ Metaphrasis Evangelii Joannei. Recensuit lectionumque varietate instruxit Franciscus Passovius. Accedit Evangelium Sancti Joannis. Lipsiæ 1834." pp. X. 198 in 8.

[6]) Vgl. auch G. Hermann's Recension der Passow'schen Ausgabe, Zeitschr. für die Alterthumswiss. 1834, S. 987 ff., besonders S. 990 f.

[7]) „Qui unus in Metaphrasi nostra critici munere rite functus est." Passow in seiner Vorrede S. VII.

Ausgabe [8]) nicht nur einen möglichst correcten und von den Interpolationen seiner Vorgänger [9]) gesäuberten Text, sondern benutzte auch neben der Aldina die einzige Handschrift, welche in seinem Bereich lag. Es war dies der Codex Palatinus Nr. 90. Diese Handschrift war damals noch in Heidelberg, wanderte aber später mit so vielen andern Schätzen der dortigen Bibliothek nach Rom, wo sie dem deutschen Forscher wahrscheinlich so lange wird vorenthalten werden, bis Italien der weltlichen Herrschaft des Papstes den Garaus macht. Sylburg hat die Handschrift — wenigstens nach den Begriffen seiner Zeit — gewissenhaft verglichen und benutzt. Gewiss theilt er uns nicht jede Abweichung mit; doch scheint er keine erheblichere Lesart übergangen zu haben. Diese von Sylburg verzeichneten Lesarten sind von Passow in seine Ausgabe aufgenommen worden und gestatten, in ihrer Stellung unter dem Text, eine bequeme Vergleichung mit denjenigen der

[8]) „*NONNOY ΠΑΝΟΠΟΛΙΤΟΥ ΜΕΤΑΒΟΛΗ ΤΟΥ ΚΑΤΑ ΙΩΑΝΝΗΝ ῾ΑΓΙΟΥ ΕΥΑΓΓΕΛΙΟΥ, διὰ στίχων ἡρωϊκῶν* .... Cum ms. cod. Pal. collata; Brevibus Notis illustrata: Verborum Indice aucta: Rectius aliquot in locis versa. Opera Frid. Sylburgii veter. Ex Hier. Commelini typographio, A. CH. MDXCVI.“ — Enthält auf den vier ersten Bll. Titel und Vorrede, S. 1—263 den Text mit lat. Uebersetzung, darauf folgen die Noten (4½ Bll.) und der Index (15½ Bll.).

[9]) Bordatus hatte in seiner 1561 erschienenen Ausgabe mehrere (68) Verse untergebracht, die er einer Hds. des Jacobus Salomo Interaquæus entnommen haben wollte. Diese Verse sind unzweifelhaft untergeschoben. Die bedeutendste Interpolation findet sich im sechsten Capitel. Hier handelt es sich um die Ausfüllung einer grossen, die Verse 41—54 des Evangeliums umfassenden Lücke. Bordatus hat hier 38 neue Hexameter eingesetzt. Schon äusserlich betrachtet, war dieses Verfahren ein arger Missgriff. Es hätte Bordatus nicht entgehen dürfen, dass 14 Verse des Evangeliums durchschnittlich 50 — 55 Hexametern des Nonnos entsprechen und daher die von ihm interpolirten 38 Verse nicht ausreichten. Nansius (1589) ging noch weiter, indem er nicht weniger als 369 neue Verse hinzufügte. Näheres darüber bei Sylburg (Vorrede, letzte Seite) und Passow (Vorrede Seite VII).

Aldina. Die letztere muss natürlich selbst als eine Quelle gelten, da sie direct aus einer Handschrift geflossen ist.

Diese Quellen nun, die man bis jetzt kannte, sind sie die einzigen überhaupt vorhandenen? Wie verhält es sich mit den Handschriften? Dies ist die erste Frage, die gestellt werden muss, wenn es sich um die Herausgabe eines Schriftstellers handelt. In der That sind weit mehr handschriftliche Hilfsmittel vorhanden, als man nach dem Gesagten erwarten könnte.

II.

Bis jetzt besass man nur ein dürres Verzeichniss derjenigen Handschriften, die nach den Angaben der verschiedenen Bibliothekscataloge die Paraphrase enthalten sollten. Dasselbe findet sich bei Harless in der zweiten Auflage der Fabricius'schen Bibliotheca Graeca, Bd. VIII, S. 606 f. Selbst diese Zusammenstellung, die fünf Handschriften kennt, ist unvollständig, indem der Venetus fehlt. Die Einzelheiten dieses Verzeichnisses sollen später betrachtet werden.

In den Jahren 1867 und 1869 gelang es mir, zwei bisher unbenutzte Handschriften zu vergleichen. Diese sind:

1) Der Codex Florentinus, Laur. VII, 10.

2) Der Codex Venetus, Marc. 481.

Die florentiner Handschrift, Cod. Laur. VII, 10, ist meist theologischen Inhalts [10]) und enthält auf den Blättern 166—172 und 181—188 unser Gedicht. Es ist eine in's 11. Jahrhundert gehörende Pergamenthandschrift; das Format ist Hoch-Quart. Leider ist sie unvollständig; sie liefert uns nur etwa zwei Fünftel des Ganzen, indem sie mit dem 113. Verse des VIII. Capitels ($\varkappa\alpha\grave{\iota}\ \vartheta\varrho\alpha\sigma\grave{\iota}\varsigma\ ^{\backprime}E\beta\varrho\alpha\acute{\iota}\omega\nu\ \pi\acute{\alpha}\lambda\iota\nu$ $\accentset{\prime}{\varepsilon}\nu\nu\varepsilon\pi\varepsilon\ \lambda\alpha\grave{o}\varsigma\ \mathring{\alpha}\varkappa o\acute{\upsilon}\omega\nu$) abschliesst. Das Uebrige war un-

---

[10]) Eine genaue Beschreibung der Handschrift bei Bandini Catal. Codd. Mss. Bibl. Mediceae Laurentianae I, S. 216—225. (Früher erwähnt bei Montfaucon Bibl. Bibl. [I] S. 235 A und 257 D. Aus der letzteren Stelle geht hervor, dass schon 1739 der Schluss fehlte.)

zweifelhaft ursprünglich vorhanden. — Der Codex ist im Allgemeinen gut erhalten; nur die zweite Hälfte hat etwas gelitten; hier kommt es vor, dass einzelne Buchstaben und Worte verblichen sind. Auch sind einige Blätter durch Falten verunstaltet; diese haben zu dem Verlust mancher Buchstaben beigetragen. Die Tinte ist ohnehin sehr blass.

Die Schrift — jede Seite hat 47—52 Zeilen — ist ungemein zierlich und reinlich[11]). Dabei hat der librarius rasch geschrieben und manchen Accent, Apostroph und Spiritus ausgelassen. (Die älteste [florentiner] Hesiodhandschrift zeugt von derselben Nachlässigkeit.) Sehr oft sind dann — in Folge der ausgelassenen Apostrophe und Hauchzeichen — zwei Worte zu einem einzigen verbunden. $\mu\varepsilon\nu$ und $\delta\varepsilon$ sind zuweilen mit zwei parallelen Gravis-Accenten versehen. Das iota subscriptum steht, wo es überhaupt vorkommt, stets neben dem ihm angehörenden Vokal. Zuweilen wird es ganz ausgelassen. Das Schlusssigma ist dem Schreiber nicht bekannt; überall steht dafür σ.

Nur selten hat die Hand des librarius sich selbst corrigirt; eben so selten ist das Vorkommen einer zweiten Hand. — An drei Stellen (II, 107. IV, 87. VIII, 90) wird je ein Vers, an einer (VI, 41) sogar drei Verse (VI, 42—44) übersprungen. Einmal (VIII, 44 f.) werden zwei Verse in einen zusammengezogen.

Ich habe diese Handschrift im Juli und August 1867 vollständig verglichen.

2) Die venetianische Handschrift, Cod. Marc. 481[12]), ebenfalls auf Pergament, in gr. Quart, enthält auf fol. 100b—122b das Gedicht so ziemlich vollständig. Diese Bezeichnung muss darum gewählt werden, weil sie zuweilen mehrere

---

[11]) Bandini liefert auf Taf. IV seines ersten Bandes (unter n. IV) eine Schriftprobe.

[12]) Beschreibung des Codex bei Zanetti und Bongiovanni Græca D. Marci Bibliotheca Codd. Manuscriptorum etc. etc. (Venetiis 1740), S. 252 f.

Verse auf einmal auslässt (s. unten), aber dafür nicht, wie die florentiner, am Ende lückenhaft ist. Jede Seite ist in zwei Columnen — jede zu 40 Versen — getheilt; nur die letzte (122 b) ist mit dreien versehen; der Schreiber wollte noch auf dieser Seite fertig werden und vermehrte daher die Columnenzahl.

Geschrieben ist die Handschrift von Maximus Planudes, der sich auf der letzten Seite selbst nennt: ἐγράφη ἡ μετάφρασις αἴτη τοῦ κατὰ ἰω̄ ἁγίου εἰαγγελίου, χειρὶ μαξίμου μοναχοῦ τοῦ πλανούδη · ἐντὸς κωνσταντινουπόλεως · | κατὰ τὴν μονὴν τοῦ σρσ χυ · τὴν τοῦ ἀκαταλήπτου ἐπονομαζομένην · μηνὶ σεπτρ · Νιγ · ἔτους στωδεκάτου: [13])

Darauf folgt, etwas mehr vorgerückt:

ἰστέον δέ · ὅτι ἀεὶ πρὸσὲιι τοῖς φιλομαθέσι ποθινὶν καὶ ἐράσμιον, ἡ τῶν ἑλληνικῶν συγγραμμάτων ἀνάγνωσις · | καὶ μάλιστα ἡ τῶν ὁμηρικᾶν, διὰ τὸ εὐφραδὲς καὶ ποικίλον τῶν λέξεων · οὗ ἕνεκεν καὶ ἡ παροῦσα μετάφρασις, | ἐμμέτρως ἐν ἡρωικοῖς ἐγεγράφη στίχοις, πρὸς τέρψιν τοῖς φιλομαθέσι καὶ φιλολόγοις · καὶ παρά τισι μὲν | λέγεται εἶναι ἡ μεταβολὴ, ἀμμωνίου ἀλεξαιδρέως φιλοσόφου · παρ᾿ ἄλλοις δὲ, νόνου ποιητοῦ τοῖ πανοπολίτου:

Auch die Ueberschrift ist interessant:

ἡρωικὸν ἔμμετρον τουτὶ τὸ δράμα · εἰς τέρψιν νύττον, τοὺς φιλολόγους νέους.

Dann kommt ein grosser breiter Strich (mit rother Tinte), der beinahe die ganze Breite der Seite einnimmt und an den beiden Enden mit Schnörkeln verziert ist. Unter diesem Strich steht dann:

ΑΜΜΩΝΙΟΥ ΦΙΛΟΣΟΦΟΥ καὶ ῥῄτο · *ΜΕΤΑ ΒΟΛὴ ΤΟΥ* κατὰ *ΙΩ ΑΓίΟΥ ΕΥΑΓΓεΛΙΟΥ.*

Der Schreiber hat sich der gewöhnlichen Abkürzungen bedient; seine sehr feine und elegante Schrift ist leicht zu lesen. Das iota subscriptum fehlt nur selten; an einigen Stellen (wie I, 13. 69) ist ein Vocal mit dem iota subscr.

<hr>

[13]) Zeitangabe: September 1302.

über die Linie gesetzt. — Zuweilen sind einzelne Buchstaben vorgerückt; namentlich da, wo ein neuer Abschnitt
anfängt oder ein besonders wichtiger Vers hervorgehoben
werden soll. Neben der ersten Hand erscheint dann eine
spätere, gröbere, die sich — was den Text anbelangt —
fast ganz auf das Ueberziehen von undeutlichen und
verblichenen Schriftzügen beschränkt hat. Wirkliche Aen-
derungen sind sehr selten. Von dieser zweiten Hand rühren
dann einige am Rande angebrachte Inhaltsangaben her;
so zu IX, 1: *περὶ τοῦ ἐκ γεννητῆς* (so!) *τυφλοῦ*: Einmal ist
ein Theil eines Verses des Johannes beigeschrieben; zu
VII, 140: *ἐν δὲ τῇ ἐσχάτῃ ἡμέρᾳ τῇ μεγάλῃ τῆς ἑορτῆς ·*
Dann wird (fol. 109 a.) die zu Anfang des achten Capitels
befindliche Lücke bemerkt: *λείπει ὧδε περὶ τῆς μοιχευομένης
γυναικός*:

Der Schreiber hat Manches ausgelassen; da, wo er ganze
Versreihen überspringt, lässt er Raum für einige Zeilen.
(S. die Collation.) Es fehlen also: III, 37. IV, 28, 29.
55—68. 235—254. VI, 195—214. VII, 55. VIII, 14. 146.
147. XII, 182. XIII, 57. 140. (Man bemerkt, dass das
Verwechseln von zwei Versenden manche dieser Verluste
verursacht hat.) Wo er merkt, dass etwas fehlt, lässt er
einige Zeilen frei: so nach IV, 86. 133. 214. VI, 163 [14]).
An zwei Stellen hat er zwei Verse in einen zusammengezogen; VIII, 53 f.: *ξεῖνος ἔφυν κόσμοιο · καὶ αἰθέρος εἰμὶ
πολίτης* . XVIII, 33 f.: *υἷα θεοῖ παρέδωκε καὶ ὡς ἐφθέγ-
ξατο λαῷ*.

Auch diese Handschrift habe ich — und zwar im August und September 1869 — vollständig verglichen.

Die übrigen Handschriften. Ausser den genannten
Codd. werden noch folgende angeführt:

[14]) Die unechten, bei Passow eingeklammerten Verse (XII, 18. 59.
60. 94. 125—128. 147. 148. XIII, 135. XIV, 49. 57. 58. 77. 78. 115.
XV, 81. 95—97. XVI, 91. XVII, 3. 4 [*ὄφρα — τέκος*]. 40. 85. 86.
XVIII, 107. 133. 134) fehlen sämmtlich im Venetus.

1) Cod. Paris. imper. n. 1220[15]). Soll dem Ende des 13. Jahrhunderts angehören[16]).

2) Ein Codex der Vaticana, erwähnt bei Montfaucon Bibl. Bibl. (I) S. 133 C. In einem von D. Claude Etiennot angefertigten Catalog war sie mit der Nummer 3178 bezeichnet[17]).

3) Handschrift in Moskau, s. Schiadas Catal. Codd. Mosq. S. 52[18]).

Diese Handschriften kenne ich nicht aus eigener Anschauung. —

Die Quelle, aus welcher die Aldina geflossen ist, ist bis jetzt nicht nachzuweisen. Dass sie weder auf dem Codex Florentinus noch auf dem Codex Venetus fusst, geht aus der oberflächlichsten Vergleichung der Lesarten dieser beiden Handschriften mit ihrem Text hervor[19]). Ebensowenig kann sie aus dem Palatinus geflossen sein. Bleiben also noch die drei übrigen Handschriften, über die ich, wie bemerkt, nichts Näheres mittheilen kann.

III.

Orphica recensuit Godofredus Hermannus. Lips. 1805.
Lectiones Apollonianae. Scripsit Eduardus Gerhardius. Lips.
   1816. S. 198—206. („De Nonni hexametro.“)

[15]) Beschrieben wird diese Handschrift in dem Catal. Codd. Mss. Bibl. Regiæ. II. (Paris, 1740.) S. 257 f. — Nach Montfaucon, der sie ebenfalls erwähnt (Bibl. Bibl. [II] S. 774 A), stammt sie aus dem Besitz des Cardinals Radulphus.

[16]) Da sie auch eine Schrift des Maximus Planudes enthält, wird sie wohl eher in's 14. Jahrhundert zu setzen sein.

[17]) Enthielt ausser der Paraphrase: Rustici Helpedii Historiæ nonnullæ veteris ac novi Testamenti. Turii Rufi collatio veteris ac novi Testamenti.

[18]) Ich citire nach Harless a. a. O. S. 607. Auch Matthæis Catalog der Moskauer Handschriften ist mir hier nicht zugänglich.

[19]) Man vergleiche die durch Herbeiziehung der erwähnten Handschriften gewonnene Erweiterung (s. zu IV, 214) und bedenke die Lücken des Codex Venetus.

ΤΡΥΦΙΟΔΩΡΟΥ ΑΛΩΣΙΣ ΙΛΙΟΥ. Edidit Fridericus Augustus Wernicke. Lips. 1819.

Handschriftliche Bemerkungen zu der Paraphrase von Wernicke. Mitgetheilt in der Passow'schen Ausgabe. S. Bach's Vorrede S. X.

Recension der Passow'schen Ausgabe. Von Dr. N. Bach. Jahrbb. für wiss. Kritik 1834. Bd. II. S. 69—72.

Recension der Passow'schen Ausgabe. Von G. Hermann. Zeitschr. für die Alterthumswiss. 1834. No. 123—125. S. 987—1002.

De Evangelii Joannei Paraphrasi a Nonno facta dissertatio. (Von Koechly.) Turici 1860. pp. 25.

Handschriftliche Emendationen von Koechly (bis IV, 150 reichend), in meinem Besitz.

NONNOY u. s. w. Paraphrase de l'Evangile selon Saint Jean par Nonnos de Panopolis. Texte grec, rétabli et corrigé par le Comte de Marcellus, ancien ministre plénipotentiaire. Paris, Didot 1861. S. 155—200. („Corrections du texte grec.")

(Das Verzeichniss der älteren Ausgaben s. in Bach's Vorrede S. IX f.)

I, 3. Haben meine Handschriften φῶς · ἐκ φάεος φῶς: die Aldina φῶς ἐκ φάεος φῶς ohne Interpunction nach dem ersten φῶς. Die älteren Ausgaben verbinden dieses φῶς mit dem Folgenden[20]). Gerhard hat S. 203 — mit Rücksicht darauf, dass ein Spondeus, mit dem zugleich ein Wort schliesst, sich bei Nonnos im vierten Fuss nicht findet — φάος conjicirt. Dieses ist von Passow aufgenommen worden: auch er trennt dieses erste φάος von θεοῦ. — Hermann (Rec. S. 992) wollte θεοῦ φάος, ἐκ φάεος φῶς. Dadurch wird die sonst unerträgliche Wiederholung desselben Worts einigermassen gemildert: aber trotzdem ist sie selbst für Nonnos zu stark; es muss hier etwas Anderes gestanden haben, wahrscheinlich θεοῦ γόνος, ἐκ φ. φ., wie Koechly (Diss. S. 7) conjicirt hat. Koechly vergleicht selbst XVI, 30 (Nonnus XVI, 116) und XX, 142. S. auch I, 183.

21. Bestätigen meine Hdss. die Emendation des Juvenis:

---

[20]) Einige Ausgg. setzen nach φῶς ein Comma; aber keine — von denen mir zugänglichen — lässt das Comma nach θεοῦ weg.

ἀναπτύξειε ϑεηγόρον (vgl. III, 158) für das von der Ald. (und nach ihr von Secerus und Brubachius) gebotene ἀναπτύξειεν ϑηγόρον.

40. Haben meine Hdss. ϑεσμῷ. Die Ald. δεσμῷ. Beide Lesarten finden sich im Pal. Die Ueberlieferung spricht daher zu Gunsten des ϑεσμῷ, das auch das Richtige zu sein scheint. Die Erwähnung eines δεσμός in Verbindung mit ξυνώσας und σύζυγα (41) ist des Guten zu viel. Dagegen gehört dieses mit einem Adjectiv (oder Particip) und τινὶ verbundene, am Versende angebrachte ϑεσμῷ, wie .... τινὶ μύϑῳ, ... τινὶ ϑυμῷ, zu den feststehenden Formeln des nonnischen Stils. — Vgl. die folgenden zehn Stellen: XII, 136. ἀγνώστῳ τινὶ ϑ. XV, 35. ἀλωφήτῳ τινὶ ϑ. III, 36. ἀμαιεύτῳ τινὶ ϑ. XIII, 72. ἀμοιβαίῳ τινὶ ϑ. VII, 83. XVI, 46. ἀρχεγόνῳ τινὶ ϑ. XVII, 18. ἀτρέπτῳ τινὶ ϑ. XIV, 38. μεριζομένῳ τινὶ ϑ. XVIII, 141. ὀφειλομένῳ τινὶ ϑ. XI, 20. φιλοστόργῳ τινὶ ϑ. — Ausserdem steht ϑεσμῷ noch 24 mal am Ende des Verses, darunter 20 mal mit einem Adjectiv verbunden. (ϑεσμῶν und δεσμῶν verwechselt Tryph. Vs. 364.)

58. Hat der Flor. ἀϑηήτοιο τοκῆος. Wenn man die Schriftzüge des elften Jahrhunderts betrachtet, so begreift man leicht wie daraus ἀμωμήτοιο entstehen konnte. Auch ist ἀϑηήτοιο passender: vgl. XIV, 31. — ἀμώμητος ist 48 am Platze, aber hier nicht. Schon de Marcellus hat daran Anstoss genommen.

59. Hier ist der Thatbestand folgender: ἐν ἀμβροσίῃ haben Ven. und Pal. (letzterer am Rande: ὃ κἀμβροσίῃ); ὃ κἀμβροσίῃ liest die Aldina. Die unzweifelhaft richtige Emendation Sylburg's, ὃν ἀμβροσίῃ, wird durch den Flor. bestätigt.

63. Hat der Ven. μετανάστιος. Schon Gerhard (S. 203) hatte dies aus dem zu Vs. 3 angeführten Grunde vorgeschlagen. Vgl. μετανάστιος an derselben Stelle II, 47. Dion. I, 110. V, 559. VI, 275. — μετανάστης ist wahrscheinlich aus Vs. 71 entstanden.

69. Bietet der Flor. *εἴρετο,* wie Koechly (hdschr.) will. Vgl. 89. IV, 134. V, 43. An allen diesen Stellen hat der Flor. *εἴρετο.*

97. Hier hat der Flor. *ἡμείων.* Dergleichen Verwechslungen der Pronomina kommen auch sonst im Flor. vor (s. zu III, 44. IV, 100); in diesem Falle ist der Abweichung um so weniger Gewicht beizulegen, als auch das Evangelium die zweite Person hat: *μέσος ὑμῶν στήκει*[21]).

123. Hier las man: *καὶ αὐτόϑι ἔμπεδα μίμνει* (wie Pal. und Ald. haben) oder *καὶ αὐτόϑι ἔμπεδα μίμνον* (wie Nansius und Sylburg conjicirten). Hermann (Orph. S. 818) schlug zur Vermeidung des Hiatus vor: *καὶ ἔμπεδον αὐτόϑι μίμνον.* In der Rec. S. 992 nimmt er das *μίμνον* zurück und meint dass gegen *μίμνει* nichts einzuwenden sei. Die geforderte Umstellung wird nun durch den Florentinus auf's Glänzendste bestätigt. Dieser hat: *καὶ ἔμπεδον αὐτόϑι μίμνει.* (Auch sonst stehen *αὐτόϑι* und das Verbum *μίμνω* unmittelbar neben einander: so 118 und IV, 207.) — Ein Blick auf das Evangelium (*ἐφ' ὃν ἂν ἴδῃς τὸ πνεῦμα καταβαῖνον καὶ μένον ἐπ' αὐτόν*) zeigt dass *καταβαίνω* und *μίμνω* in Modus und Tempus übereinstimmen müssen. Also entweder *καταβαῖνον—μίμνον,* oder, wie Koechly (hdschr.) will, *καταβαίνειν—μίμνειν.* — *καταβαῖνον* ist vielleicht aus dem beigeschriebenen Text des Evangeliums entstanden; es findet sich zweimal, Vs. 32 und 33. Auch sonst sind die Ausdrücke des Evangelisten in den Text des Dichters eingedrungen. S. zu I, 185. IV, 179. Passow zu V, 3. XII, 11. Hermann Rec. S. 995. Die epische Form prosaïsirt im Flor. V, 66.

142. *ὃ καλέουσι* Ven. und Ald. Die dadurch entstehende Lücke ist im Flor. durch ein *καὶ* ausgefüllt. Der Sprachgebrauch erfordert indessen *ὅπερ* (vgl. 165; *τόπερ* VI, 10), das schon Juvenis in den Text setzte.

---

[21]) Nach Tischendorf's Text, Novum Test. græce (ed. VIII.) Lips. 1869.

144. Hier ist aus dem Flor. $\dot{\alpha}\vartheta\varrho\acute{\eta}\sigma\eta\tau\varepsilon$ herzustellen. Vgl. die ganz ähnliche Stelle IV, 139. (Im Evangelium hier: $\ddot{\varepsilon}\varrho\chi\varepsilon\sigma\vartheta\varepsilon$ $\varkappa\alpha\dot{\iota}$ $\ddot{\iota}\delta\varepsilon\tau\varepsilon$ [$\ddot{o}\psi\varepsilon\sigma\vartheta\varepsilon$ Tisch.]; dort: $\delta\varepsilon\tilde{\upsilon}\tau\varepsilon$ $\ddot{\iota}\delta\varepsilon\tau\varepsilon$.) Vgl. auch Hermann Rec. S. 995 zu V, 106.

162. Flor. und Ald. haben $\sigma\acute{\upsilon}$ $\mu o\iota$, Ven. $\sigma\grave{\upsilon}$ $\mu\grave{\varepsilon}\nu$, Pal. $\overset{\mu o\iota.}{\sigma\grave{\upsilon}\,\mu\grave{\varepsilon}\nu}$. Hier ist mit Passow $\sigma\grave{\upsilon}$ $\mu\grave{\varepsilon}\nu$ vorzuziehen; $\mu\acute{\varepsilon}\nu$ und $\delta\acute{\varepsilon}$ entsprechen einander. Das $\sigma\acute{\upsilon}$ $\mu o\iota$ ist aus dem folgenden Verse herübergekommen.

180. Bis jetzt bot die Ueberlieferung eine Lücke: $\overset{\pi\varepsilon\varrho}{\delta\nu\,\pi\acute{\alpha}\nu\tau\varepsilon\varsigma}$. Der Flor. hat $\delta\nu$ $\pi\acute{\alpha}\nu\tau\varepsilon\varsigma$. Dieses $\pi\varepsilon\varrho$ sieht wie das Füllstück eines librarius aus. Immerhin kann es das Richtige sein; auch erklärt sein Anfangsbuchstabe wie es ausfallen konnte. (Man hat $\sigma\acute{\upsilon}\mu\pi\alpha\nu\tau\varepsilon\varsigma$ und $\delta\grave{\eta}$ $\pi\acute{\alpha}\nu\tau\varepsilon\varsigma$ conjicirt.)

185. Ven. und Ald. haben $\dot{\varepsilon}\varkappa$ $N\alpha\zeta\alpha\varrho\grave{\varepsilon}\vartheta$ (im Ven. aus Corr., s. die Collation); Flor. $\dot{\varepsilon}\varkappa$ $N\alpha\zeta\alpha\varrho\grave{\varepsilon}\vartheta'$. Da diese Wortstellung einen metrischen Schnitzer in sich schliesst, haben mehrere Herausgeber das $\dot{\varepsilon}\varkappa$ weggelassen. Dann müsste das zweite α von $N\alpha\zeta\alpha\varrho\grave{\varepsilon}\vartheta$ ebenfalls lang sein. Indessen leuchtet ein: 1) dass dies nicht so ohne Weiteres angenommen werden kann und 2) dass wir das $\dot{\varepsilon}\varkappa$ nicht entbehren können. Die Emendation von Hermann (Rec. S. 992): $N\alpha\zeta\alpha\varrho\grave{\varepsilon}\vartheta$ $\dot{\varepsilon}\varkappa$ $\delta\acute{\upsilon}\nu\alpha\tau\alpha\iota$ schliesst die Acten. Daraus geht dann hervor, dass auch der 183. Vers, wie er jetzt lautet, nicht in Ordnung ist: auch hier ist eine Silbe ausgefallen. Es muss, ebenfalls mit Hermann (a. a. O.), hergestellt werden: $N\alpha\zeta\alpha\varrho\grave{\varepsilon}\vartheta$ $\dot{\varepsilon}\nu\nu\alpha\varepsilon\tau\tilde{\eta}\varrho\alpha$ (Im Druck aus Versehen $\dot{\varepsilon}\nu\nu\alpha\acute{\varepsilon}\tau\eta\varrho\alpha$).

186. Hier bestätigt der Flor. die Emendation Wernicke's (Tryph. S. 484): $\tau\iota\nu\grave{\iota}$ $\mu\acute{\upsilon}\vartheta\omega$. Auch Vs. 48 sollte mit Wernicke, dem unverbrüchlich festgehaltenen Sprachgebrauch des Dichters gemäss, $\tau\iota\nu\grave{\iota}$ $\mu\acute{\upsilon}\vartheta\omega$ hergestellt werden. S. Hermann Rec. S. 992.

207. Passow hat von Juvenis das $\pi\alpha\varrho\grave{\alpha}$ aufgenommen,

während die Hdss. ὑπὸ bieten. (ὑποκάτω τῆς συκῆς das Evang.) Das letztere ist unbedingt herzustellen.

210. Auch hier sieht man nicht ein, warum Passow von der Ueberlieferung abgewichen ist. ἀθρήσητε bieten meine Hdss. und die Ald. — εἰσόψεσθε, das sich wiederum zuerst bei Juvenis findet, ist schon wegen des ὄψεσθε in Vs. 213 unpassend.

II, 14. Bietet der Flor. φιλακρήτων παρὰ παστῶν. (Im Ven. ist φιλακρήτῳ aus φιλακρήτων corr.) Der Dativ ist hier das Richtige. Vgl. auch Vs. 5. 55.

26. Flor. und Ald. haben ἔσαν (Ven. ἔσσαν); es ist daher wahrscheinlicher, dass hier etwas ausgefallen ist als dass ἔσσαν das Ursprüngliche war. Hermann Rec. S. 993: ἐξ ἔσαν, ἢ τρία μ.

38. Bestätigt der Flor. die scharfsinnige (hdschr.) Emendation Wernicke's: ἔπνεεν. Vgl. auch Wernicke zu Tryph. Vs. 77. S. 126.

39. οἰνωπῇ Pal. (im Text) und Ven.; οἰνώπη Rand des Pal. und der Flor. Beides ist unmöglich. οἰνώπη wäre der Dativ eines sonst nirgends vorkommenden Wortes οἰνώπης, das entweder „einen mit weinrothem Blicke Dreinschauenden“ oder „einen weinfarbig Aussehenden“ bedeuten müsste. (Die falsche Erklärung des Nansius „vini inspectori et custodi“ [„convivii inspectori“ Sylb.] hat schon Wernicke zu Tryph. Vs. 69. S. 120 zurückgewiesen.) Dagegen kann οἰνωπῇ nur der Dat. sing. fem. von dem Adjectiv οἰνωπός „weinfarbig“ (s. XIII, 110, wo der Ven. das richtige οἰνωπῇ hat, Dion. XV, 63 und sonst) sein und muss natürlich auf φωνῇ bezogen werden. Mit einer „weinfarbigen Stimme“ („Weinstimme“!) soll Jesus seine Ordre gegeben haben! Koechly sah ein, dass hier der Dativ eines die Mundschenke bezeichnenden Wortes fehlte: also (hdschr.) οἰνοχόοις.

57. Während Passow ἀκερσεκόμων hergestellt hat, bieten Flor., Ven. und Pal. übereinstimmend ἀκερσικόμων.

(Vgl. VII, 35, wo Flor., Pal. und Ald. ebenfalls ἀκερσικόμων haben.) Die letztere Form braucht nicht verworfen zu werden; auch Koechly (hdschr.) will sie wiederherstellen.

61. Haben beide Hdss. (Flor. und Ven.) πέδον—ἀκούων. Ald. πέδον—ἀκοίων. Juvenis conjicirte πέδον—ἀκοῖον. Weder ἀκούων noch ἀκοῖον gibt einen erträglichen Sinn. Es ist hier offenbar von der Abreise Jesu die Rede (μετὰ τοῦτο [dies wird durch Vs. 62 interpretirt] κατέβη das Evang.): wir brauchen also ein Verbum, das dieses Verhältniss ausdrückt. Koechly (hdschr.) hat das Richtige getroffen: οὐ μὲν ἄναξ δήθυνε πέδον Καναναῖον ἐᾶσαι.

100. Flor. ἐγείρεις, Ven. ἐγείρῃς (aus ἐγείρεις corr.), Ald. ἐγείρῃς. Hier ist ἐγείρῃς das Richtige.

III, 1. Das von dem Rande der Bordatus'schen Ausgabe gebotene und von Heinsius (Arist. sac. S. 346) empfohlene νοοπλανέων ist von Passow aufgenommen worden. Es findet sich auch in meinen Handschriften. Die Ald. (und auch wohl der Pal.) hat das falsche γοοπλανέων.

7. Hier wird νυκτιφανή durch die grosse Mehrzahl der Quellen unterstützt. (Ven. νυκτιφανῇ, Flor. νυκτὶ φάνη, Pal. νυκτιφαῇ mit darübergeschriebenem νυκτιφανῇ.) νυκτιφαής ist ebenfalls ein episches Wort, das aber hier gegenüber den überwiegend zahlreichen Zeugnissen für νυκτιφανή zu verwerfen ist.

14. ἀνεξίκακος der Flor. — Auch sonst werden ἀνεξίκακος und ἀλεξίκακος mit einander verwechselt. (Vgl. Passow und de Marcellus zu VII, 2.) Der Sinn erfordert das letztere.

22. Hier folgten die älteren Ausgaben der Aldina, welche κόλποιο hat. Das von Juvenis hergestellte κόλπου steht in meinen Handschriften. Die Verwechslung der Endungen - ου und - οιο findet sich auch an anderen Stellen. Vgl. die Lesart des Ven. und der Ald., IV, 43, und diejenige des Flor., I, 37.

23. Hat der Flor. *μητέρα δύντων*. Der Schreiber wurde durch das *μητέρος* zu Anfang des Verses verwirrt. Aehnlich erging es denjenigen Schreibern, die V, 130 *μύθῳ* (anstatt des richtigen *θεσμῷ*) setzten.

44. Flor. *ἡμετέροις*. Aber *ὑμετέροις* ist das Richtige. (Vgl. die Worte des Evang.: *τὴν φωνὴν αὐτοῦ ἀκούεις*: indem Nonnos dieselben näher ausführt, verweilt er bei dem Klang der Stimme, welche in Nikodemos' Ohren tönt.) Der Gebrauch von *ὑμέτερος* für *σός* ist dem Nonnos geläufig. (Dion. V, 340. VI, 304.) Aehnlich *ἡμέτερος* für *ἐμός* III, 58. Vgl. auch zu I, 97.

62. Beide Hdss. bieten *εἰ στρ*. Ein Blick auf den Zusammenhang lehrt, dass dieses hergestellt werden muss. (Das Evang.: *πῶς ἐὰν εἴπω ὑμῖν τὰ ἐπουράνια πιστεύσετε;*) Die meisten Herausgeber, darunter Passow, haben mit unbegreiflicher Hartnäckigkeit das unmögliche *εἰς* festgehalten. S. auch Hermann Rec. S. 993.

68. *ἀηθεΐ* Ven. und Pal. *ἀηθέα* Flor. und der Rand des Pal. *ἀήθεα* die Aldina. Mit Recht hat Passow das von dem Sinn erforderte *ἀηθεΐ* hergestellt.

81. Bieten alle Quellen *ὅτι*, nicht *ἵνα*. Das letztere ist zuerst von Bogardus in den Text gesetzt worden. Schon Hermann (Rec. S. 993) zeigte dass hier *ὅτι* am Platze sei. („Die, welche hier aus dem Johannes *ἵνα* setzten, haben nicht bedacht, dass Johannes *ἔχῃ*, Nonnus aber *πόρεν* schrieb.")

115. Hier haben alle Quellen *ἡ δὲ καὶ αὐτός*. Bordatus hat zuerst *ἦν* hergestellt. Vgl. die ganz ähnliche Stelle XIX, 136 f.: *ἦν δὲ καὶ αὐτὴ | Μαγδαλινὴ Μαρίη*.

117. Die Schreibung des Namens *Σαλείμ* schwankt in den Handschriften. *Σαλλίμ* der Flor., *Σαλήμ* Ald. (-*ήμ*) und Ven. Hier ist es in Ermangelung weiterer handschriftlicher Hilfsmittel unmöglich eine Fntscheidung zu treffen. Tischendorf hat mit den meisten Hdss. des Evangeliums *Σαλείμ* geschrieben.

137. Alle Quellen *ἀμειβομένοισιν*. Juvenis hat *ἀνειρομένοισιν* hergestellt. Auch IV, 60 ist dasselbe Particip verdrängt worden.

158. Passow hat hier das von allen Quellen gebotene *θεηγόρον* in *θεηγόρου* verwandelt. Es ist jedoch kein Grund vorhanden an der Ueberlieferung zu rütteln.

IV, 29. Bestätigt der Flor. die Conjectur des Juvenis, *διψαλέοντι*. (Im Ven. fehlt der Vers.) Auch der Pal. hat wahrscheinlich *διψαλέοντι*. Vgl. den ähnlichen Vers 45: *δός μοι δίψαν ἔχοντι*.

32. Flor. *ἀντικέλευθον*. — *ἀγχικ.* und *ἀντικ.* werden zuweilen verwechselt. Hier ist *ἀγχικέλευθον* das Richtige.

39. Flor. und Ven. *αἰδομένοις*. Vor Sylburg las man entweder *ἀδομένοις* oder *ᾀδομένοις*. Sylburg stellte — entweder auf eigene Faust oder nach dem Pal. — *αἰδομένοις* her. Natürlich ist dieses das Richtige. Dion. XVI, 288 steht *αἰδομένοις στομάτεσσιν* ebenfalls am Anfang des Verses. Man sieht jetzt auch wie *ἀδομένοις* entstehen konnte. Da die älteren Hdss. das iota subscriptum nicht kannten (indem sie dasselbe, wenn sie es überhaupt setzten, neben den zugehörigen Vokal stellten, s. S. 5), hielten die späteren Schreiber *αἰδ.* für *ἀδ.* und stellten dann *ᾀδομένοις* oder *ἀδομένοις* her. Die letztere Form fand sich in dem Codex, auf den die Aldina zurückgeht.

42. Ven. *ἀπημάντῳ;* dasselbe bietet der Pal. (Doch ist *ἀσημάντῳ* darübergeschrieben.)

44. 51. Bestätigen meine Hdss. die Emendationen des Juvenis: *ἐπιχθονίης* für *ἐπὶ χθονίης* und *ὑποβρυχίων* für *ὑπὸ βρυχίων*.

52. Meine Hdss. *ἀμοιβαίῃσιν*, wie Bogardus herstellte.

58. Der Flor. hat *πεδοτρεφὲς*, was Passow in den Text gesetzt hat. (Ald. *πεδοτροφές ·* im Ven. fehlt der Vers); sodann, wie die Ald., das fehlerhafte *ὄρκιον*.

60. Flor. und Ald. *ἀνεγρομένην*, während das von Bordatus als varia lectio angeführte *ἀνειρομένην* das Richtige ist.

90. Bestätigt der Flor. die Emendation Passow's πολυκνίσῳ. (Vgl. Apoll. Rhod. III, 880: τηλόθεν ἀντιόωσα πολυκνίσου ἑκατόμβης.) Ven. und Ald. πολυκνίσσῳ.

100. Ist die Lesart des Flor. ἡμετέροιο nicht zulässig. Vgl. zu I, 97.

110. Flor. ϑυηπόλος, weniger passend.

112. Bestätigt der Flor. die Emendation Passow's ἱποκλίνουσι.

133. Hermann (Rec. S. 993) und Koechly (Diss. S. 8) haben gesehen, dass nach diesem Verse ein paar Hexameter ausgefallen sind. Auch dem Schreiber des Venetus, Maximus Planudes, entging dieser Umstand nicht; um die Lücke wenigstens theilweise auszufüllen, bediente er sich eines Verses des Dichters, der ihm nicht am rechten Platze zu stehen schien. Nach 133 lässt er zunächst zwei Zeilen frei und setzt dann den 87. Vers (οἰτιδανὴ Σαμαρεῖτις ἀμείβετο ϑήλεϊ φωνῇ), den er an der Stelle, wo er hingehört, ausgelassen hat. Vgl. auch zu Vs. 214.

134. εἴρετο Flor. und Ald. Dasselbe ist herzustellen. Vgl. zu I, 69.

135 f. Bestätigt der Flor. die Emendationen des Nansius. Dieser sah, dass die Lesarten der Aldina und der übrigen Ausgaben: δίζεται..... φϑέγγεται mit den Worten des Evangeliums (τί ζητεῖς ἢ τί λαλεῖς μετ᾽ αἰτῆς;) nicht stimmten und schlug daher δίζεαι—φϑέγγεαι; vor. Der Flor. hat eben dasselbe; der Ven. δίζεται—φϑέγγεαι.

142. Haben alle Hdss. ἀγγελίης; nur im Pal. ist ἀγγελίην darübergeschrieben. Der Genetiv ist herzustellen.

152. Flor. und Ven. (wahrscheinlich auch Pal.) ἐνὶ μύϑῳ. Da dieses keinen Sinn gibt, schlug Nansius ἐνὶ ϑυμῷ, Sylburg ἐνὶ μύϑῳ („ut uno verbo dicam") vor. Passow hat Nansius' Emendation aufgenommen. Dagegen lässt sich wohl nichts einwenden. Die Schreiber wurden durch die rasch aufeinanderfolgenden Versenden von 145,

155 und 159 verwirrt. Auch sonst werden $\vartheta v\mu\acute{o}\varsigma$ und $\mu\tilde{v}\vartheta o\varsigma$ verwechselt (vgl. zu V, 40; Nans. zu XVI, 105. XVII, 19; de Marcellus zu IV, 97. 145. V, 130); einmal ist $\vartheta v\mu\tilde{\omega}$ durch das von einem byzantinischen Grammatiker in den Text gesetzte $\mu\acute{v}\vartheta\omega$ verdrängt worden. S. meine Abhandlung: De codicibus Hesiodeis nonnullis in Anglia asservatis (Heidelb. 1866). S. 15.

166. Hat der Ven. $\tau\varepsilon\lambda\acute{\varepsilon}\vartheta ov\sigma\iota v$ und stimmt so mit der einen Lesart des Pal.

172. Hier hat der Flor. $\tau\varepsilon\lambda\acute{\varepsilon}\sigma\sigma\omega$, wie Juvenis herstellte. (Ven. und Ald. das falsche $\tau\varepsilon\lambda\acute{\varepsilon}\sigma\vartheta\omega$.) Man kann hier einen Uebergang von der dritten zur ersten Person um so eher annehmen, als gerade das Stück $\varkappa\alpha\grave{\iota}\ \pi\iota\sigma\tau\grave{\alpha}$— $\gamma\varepsilon\varrho\alpha\acute{\iota}\varrho\omega v$ eine erweiternde Zuthat des Nonnos ist.

179. Flor. $\varkappa\acute{o}\pi ov$, das sich aus dem Evangelium in den Text des Nonnos eingeschlichen zu haben scheint. Vgl. auch zu I, 123.

209. Bestätigen meine Hdss. die Emendation Passow's. Die früheren Ausgaben haben $\chi\iota ov\omega\tau\acute{o}v$. — $\chi\iota ov\omega\pi\acute{o}\varsigma$ bedeutet „schneefarbig." (Dion. XVII, 43), $\chi\iota ov\omega\tau\acute{o}\varsigma$ „beschneit." Natürlich ist das Erstere am Platze. Auch deutet der Dichter auf seine Beschreibung der Hochzeit von Kana hin, wo es heisst (II, 35 f.): $\varepsilon\grave{\iota}\varsigma\ \chi\acute{v}\sigma\iota v\ \alpha\H{\iota}\vartheta o\pi o\varsigma\ o\H{\iota}vov\ |\ \chi\iota ov\acute{\varepsilon}\eta v$ $\H{\eta}\mu\varepsilon\iota\psi\varepsilon\ \dot\varrho o\grave{\eta}v$ (so Koechly [hdschr.] statt $\chi\varrho\acute{o}\eta v$) $\dot\varepsilon\tau\varepsilon\varrho\acute{o}\chi\varrho oov$ $\H{v}\delta\omega\varrho$.

211. Hier muss aus meinen Hdss. und der Ald. das von Hermann (Rec. S. 994) und de Marcellus geforderte $\pi\acute{\alpha}\ddot{\iota}\varsigma$ hergestellt werden. Vgl. auch Vs. 244, wo Flor. und Ald. (im Ven. fehlt der Vers) ebenfalls $\pi\acute{\alpha}\ddot{\iota}\varsigma$ haben. Auch III, 75. V, 64 haben meine Hdss. $\pi\acute{\alpha}\ddot{\iota}\varsigma$.

214. Dass nach diesem Verse eine Lücke vorhanden sei, ist schon von Nansius und Koechly (Diss. S. 8) gefühlt worden. Der Erstere beeilte sich, einen Vers eigener Composition ($X\varrho\iota\sigma\tau\grave{o}v\ \mathfrak{'}Iov\delta\alpha\acute{\iota}\eta\vartheta\varepsilon v\ \dot\alpha\varphi\tilde{\iota}\chi\vartheta\alpha\iota\ \varepsilon\grave{\iota}\varsigma\ \Gamma\alpha\lambda\iota\lambda\alpha\acute{\iota}\eta v$ [!]) einzuschieben; auch Koechly nahm an, dass nur ein Hexa-

meter ausgefallen sei. Aus meinen Hdss. ergibt sich jedoch, das wenigstens zwei Verse fehlen. Zwischen 214 und 215 steht im Flor. und Ven.: νόστιμος οὖδας ἔδυνε φιληρέτμων Γαλιλαίων. Dieser Vers, der einen Theil der vermissten Worte des Johannes paraphrasirt, ist unzweifelhaft echt. Weder im Flor. noch im Ven. zeigt sich die geringste Spur einer absichtlichen Interpolation. Es fehlt also noch ein Vers, der zwischen 214 und dem neuen Hexameter 214 a stand. Der Schreiber des Venetus, Max. Planudes, merkte dies: er hat zwischen den genannten Versen παιδὸς ἱμασσομένοιο — und νόστιμος οὖδας — Raum für eine Zeile gelassen. Wahrscheinlich stand am Ende des verloren gegangenen Verses ἐάσας (wie Vs. 222); daraus könnte man sich dann den Verlust erklären.

218. Flor. Ven. und Ald. ἐνέιιπεν. Mit Recht hat Passow dasselbe aufgenommen. S. Wernicke zu Tryph. Vs. 419. S. 354 ff.

243. Bestätigt der Flor. (im Ven. fehlt der Vers) die Emendation von de Marcellus: θέσκελος.

244. S. zu 211.

245 ff. Da die Verse 235—254 im Ven. fehlen, haben wir es nur mit dem Flor. und der Ald. zu thun. Beide Quellen geben die Verse 245—248 in folgender Ordnung: 245. 247. 248. 246. Indessen ist die von Passow angenommene, den Vorgängern verdankte Ordnung die richtige. Da sich in der Aldina eine Lücke findet (die Ausgabe hat εὐσεβίης   ὅλον οἶκον κτλ.), haben mehrere Kritiker einen ganzen Vers herzustellen versucht. Ihre Vermuthungen werden nach dem Bekanntwerden der Lesart des Flor. kein Gewicht mehr beanspruchen können. Im Flor. heisst es: εὐσεβίης ὅλον οἶκον ἀμεμφέος εἰς φάος ἕλκων. Man sieht auch jetzt, wie εἰς φάος verloren gehen konnte. Der Blick des Schreibers der Handschrift, aus welcher die Aldina geflossen ist, schweifte von -φέος nach φάος hinüber und verursachte so den Verlust der zwei Worte εἰς φάος. Man

sieht ferner, woher es kam, dass die meisten Kritiker auf falscher Fährte waren. Die in der Aldina an der unrichtigen Stelle angedeutete Lücke führte zu dem Glauben, dass nach εὐσεβίης etwas fehle; daraus entstand die Conjectur des Stephanus: εὐσεβίης ἐς ὁδοὺς ὅλον οἶκον. Juvenis und Hermann liessen sich dadurch nicht irreführen, obgleich keiner von beiden das Richtige traf (εἰς ὁδὸν εὐσ. Juvenis, εὐσεβίης ὅλον οἶκον ὁδοῖς ἐς ἀμεμφέας ἕλκων Hermann Orph. S. 818). Passow, dem Hermann (Rec. S. 994) nachträglich beistimmte, kam der Wahrheit noch am nächsten; er schlug vor: εὐσεβίης ὅλον οἶκον ἀμεμφέος εἰς (s. Hermann Rec. S. 991, Z. 31) ὁδὸν ἕλκων. Die Worte des Dichters, εἰς φάος ἕλκων, sind mit IV, 4. 61 zu vergleichen. Die Stelle ist sehr lehrreich.

V, 2. Haben alle Quellen κιονέην. Passow hat mit Recht χιονέην hergestellt. Vgl. II, 36. Dion. XIV, 413 und die von Wernicke zu Tryph. Vs. 34 S. 81 f. angeführten Stellen: Dion. X, 180. Musae. 58. In derartigen Fällen pflegt Nonnos die F a r b e anzugeben. S. auch zu IV, 209.

6. Bestätigen meine Quellen die von Passow aufgenommene Conjectur Sylburg's κεκακωμένος. (Vgl. Wernicke zu Tryph. Vs. 259. S. 242.) Die Ald. hat κεκαυμένος.

9. Stimmen meine Hdss. mit der einen Lesart des Pal. λύματα. Dasselbe ist unzweifelhaft das Richtige.

34. Hier las man früher: καὶ καμάτῳ βαρύφορτον ἐπωμίδα λέκτρον ἀείρων. In dem Pal. waren zwei Lesarten zu erkennen: ἐπώμιδι und ἐπάμιδα (Sylb.: „In P. duplicis lectionis sunt vestigia, ἐπώμιδι, et ἐπώμιδα.“) Man sieht auf den ersten Blick, dass weder καὶ — ἐπωμίδα noch καὶ — ἐπωμίδι möglich ist. Hermann (Rec. S. 994) conjicirte: ἀκαμάτῳ βαρύφορτον ἐπωμίδι λέκτρον ἀείρων. Diese Emendation wird durch den Flor. auf's Glänzendste bestätigt. Vgl. auch Vs. 45: ἔρχεο σὸν κλιντῆρα λαβὼν πεφορημένον ὤμῳ. Gerade die Erleichterung die der Genesene beim Heben seines Bettes empfindet, wird durch das

ἀκαμάτῳ ausgedrückt. — Das *ἀκαμάτῳ* ging folgender-
massen verloren: ein Schreiber wurde durch den Anfang
des nächsten Verses (*καί*) und das *κ* in *ἀκαμ.* verwirrt und
vertauschte das richtige *ἀ* mit dem falschen *καί*. Auch
sonst hat *καί* das Ursprüngliche verdrängt: s. die Lesarten
des Flor. I, 142. IV, 118.

40. Hat der Flor. *θυμῷ*. Hier kann man im Zweifel
darüber sein, was das Richtige ist. Vgl. zu IV, 152.

43. *εἴρετο*. S. zu I, 69.

98. Hat Hermann (Orph. S. 819), zur Vermeidung
des Hiatus, *νέης* conjicirt. Der Ven. hat das fehlerhafte
ἀλεξιμόροιο ἐμῆς, der Flor. dagegen *ἀλεξιμόροιο μιῆς*.
Gegen das letztere wird wohl nichts einzuwenden sein.
Schon de Marcellus war darauf gekommen. („Le mot *μιῆς*
se rencontre une fois de plus ainsi en face de *πάντες*,
dans une antithèse fort commune chez Nonnos." S. auch
VIII, 118.) Vgl. die ganz ähnliche Stelle X, 55: *ταύτης
οὐ γεγαῶτα μιῆς θεοδέγμονος αὐλῆς*. — Man sieht hier, mit
welch grossartiger Sicherheit Hermann einen Fehler in der
Ueberlieferung aufzudecken verstand.

99. *φεροζώοιο* die Ausgaben vor Nansius. Das von
diesem hergestellte *φερεζώοιο* steht in meinen Hdss.

106. Ist aus dem Flor. *ἔχητε* herzustellen. Vgl. III, 38.

130. Las man *σφρηγίσσατο μύθῳ*, wie Ven. und
Ald. haben. Wernicke conjicirte (hdschr.) *θεσμῷ*. Dieses
steht in meinem Flor. und muss unbedingt hergestellt werden. Vgl. X, 129: *ἁγίῳ σφρηγίσσατο θεσμῷ*. XIII, 140:
ὁσίῳ σφρηγίσσατο θεσμῷ. — Auch II, 102 hat *μύθῳ*
das richtige *θεσμῷ* (wie Koechly [hdschr.] will) verdrängt.
An unserer Stelle ist *μύθῳ* aus dem Anfang des Verses
entstanden. Vielleicht hat auch die Erinnerung an III, 159
(*ἐῷ σφρηγίσσατο μύθῳ*) mitgewirkt.

152. Haben meine Hdss. *κόσμου*. (Die Ausgaben
κόσμῳ.) Der Genetiv ist herzustellen. Vgl. III, 161:
χραισμήτορα κόσμου. III, 81: *χραισμήτορα φωτῶν*.

IV.

Die vorstehenden Mittheilungen haben den Beweis geliefert, dass die vorhandenen Handschriften der Paraphrase manches enthalten, was bei der Constituirung des Textes benutzt werden kann. Die nächste Aufgabe ist die Herbeiziehung der in Moskau, Paris und Rom befindlichen Codices. — Ich schliesse mit der Bemerkung, dass auch die Dionysiaca durch eine methodische Ausbeutung der vorhandenen Hilfsmittel [22]) gewinnen würden.

[22]) Dies gilt namentlich von dem im Jahre 1281 geschriebenen Codex Flor. XXXII, 16.

Anhang.

Abweichungen des Codex Florentinus und des Codex
Venetus von der Passow'schen Ausgabe.

<table>
<tr><td>Codex Florentinus.</td><td>Codex Venetus.</td></tr>
</table>

Cap. I.

Codex Florentinus.	Codex Venetus.
2. ἰσοφυὴς	
3. θεοῦ φῶς · ἐκ φ.	3. θεοῦ φῶς · ἐκ φ.
9. τό περ—ἐπαυτῶ	
10. πασιμέλλουσα (Versuch das erste λ zu tilgen)	10. πᾶσι μέλουσα
14. τίς	14. ἔσκέ τις
16. λαόσσόος	
25. ἔην anstatt ἦεν	
26. ἀκτίσι	
29. αλείτης	
32. ἐδέξαντο ἀλείτην	
37. ἐρωτοτόκου εὐνῇ (wollte zuerst das υ auslassen)	
	42. οἶκον
52. ἀντιθεον	
53. βίβλων	
58. ἀθηήτοιο	58. ὁμόφυτος
	59. μύθος ἐν ἀμβρ.
60. ἐτυμόθροος—κῆρυξ	
61. Ἑβραίων δ᾽ ὅδε λαὸς	
	63. μετανάστιος

Codex Florentinus.	Codex Venetus.
64. ὀρεσσάλοιο (with *υ* above)	
69. εἴρετο	69. τοδεύτερον
72. ὄψιμος	
76. πέλον Ἡλίας	
θέσκελος εἰμὶ	76. θέσκελος εἰμὶ
	80. In dieser Fassung: οἳ προέηκαν ἀελλήεντι πεδίλῳ ἡμᾶς,
83. ἰαχε	
84. βοῶντος	
85. οἶμον	
87. ἐπέγραφε	
88. Φαρισήων	
89. εἴρετο	
90. καὶ τί σὺ	
	93. ἔγχυος
94. καὶ σφίσι	
95. αυτὸς aus αυτοὺς corr.	
96. ἱκάνοι	
97. ἡμείων	
98. οὐ κάξιος εἰμὶ	
100. Βιθανίης	
103. αἷμα	
106. ἠνὶ δὲ	
112. ἀλείτην	
120. παλιγγενεον	
123. ἔμπεδον αὐτόθι μίμνει	123. μίμνει
128. ἠὼς	128. ἠὼς
129. ἔστηκε	
131. στίχοντα	
134. λάλον	
ὀδεύεις (das ς als falsch bezeichnet)	
137. νισομενοιο	
142. ὃ καὶ	142. ῥαββὶ ||| (wahrscheinlich *ν* gelöscht). ὃ καλ.
πόθι	
144. αθρησητε	
148. Die fünf letzten Buchstaben des Worts ἵκανεν sind in	

Codex Florentinus.	Codex Venetus.

Codex Florentinus.
Folge eines Risses verschwun-
den und sind dann von früher
Hand am Rande nachgetragen
worden.

$$\overset{o}{\vartheta \varepsilon o \delta \acute{\varepsilon} \gamma \mu \varepsilon \nu o \varsigma}$$

156. ὀξέι

160. γαλληναίῳ
162. σύ μοι
168. πορφύρετοσιων

$$\overset{\pi \varepsilon \varrho}{180.\ \ddot{o} \nu\ \pi \alpha \nu \tau \varepsilon \varsigma}$$

185. ἐκ Ναζαρέϑ'

186. τινὶ μ.

192. γιγνώσκεις
203. ϑεῶν
κελεύσει

206. τίνα
207. ὑπο anstatt παρὰ
208. λεύσσεις
210. ἀϑρήσητε
215. εἰς ἀνιόντα

Codex Venetus.

154. Wollte zuerst, wie es scheint,
ἐφωμάρτησαν auslassen.

156.

$$\mu \ddot{v} \vartheta \varphi$$

175. ξυνήν δ'

180. ὃν πάντες
185. ἐκ Ναζαρὲϑ (aus Ναρα-
ϑὲϑ [während des Schrei-
bens] corr.)

188. ἐδείκνυε
191. 198. Ναϑαναήλ δ'

203. Schrieb zuerst καλέσσει,
corr. sich aber sofort.

207. ὑπὸ anstatt παρὰ

210. ἀϑρήσητε
214. τὲ

Cap. II.

12. ϑυωδέες
14. φιλακρήτων παρα πα-
στῶν
26. ἐξ ἐσαν · τρία
38. ἔπνεεν
39. οἰνώπηι

14. φιλακρήτῳ aus φιλα-
κρήτων corr.

Codex Florentinus.	Codex Venetus.
40. ὑπορροφίης	
46. ὅς	
57. ἀκερσικόμων	57. ἀκερσικόμων
61. Wollte zuerst πέσδον schreiben. ἀκοίων	61. ἀκούων
63. Καφαρναοΐμ	
71. Ἱεροσολύμων	
73. εὐκεραούς	
78. ἵμασθλην	
83. ἐξεχεεν	
85 μεταστήσεσθε (α above)	
86. μὴ δε	86. μὴ δὲ
94. ἄγνωστον	
98. βαλβίδα	96. λαοι (Unsicher, welcher von beidenAccenten der ursprüngliche ist)
	99. Wollte statt τεσσαραχ. etwas anderes schreiben; corr. sich sofort.
100. ἐγείρεις;	100. ἐγείρῃς aus ἐγείρεις corr.
	102. νηὸν ἔειπεν — aber der 4te und 5te Buchstabe (ν und ε) aus Corr.
105. ποτμω aus ποπμω corr.	
107 fehlt	
111. Ἱεροσολύμων	
113. φιλοκροτα aus φιλοκρατα während des Schreibens corr.	
114. λύσσαν	
	118. μάθη—η aus Corr.?
119. ὕσα	

Cap. III.

	3. οὔνομα Νιχ.
6. ἔνθεον (ἔνθεον Ven.)	5. ἦλθεν fehlt
7. νυκτὶ φάνη	

Codex Florentinus.	Codex Venetus.
11. βοηϑός	11. βοηϑόος — schrieb aber zuerst βου ....
14. ἀνεξίκακος	
18. ἀρχήν	18. ἀρχήν
21. ὀψιτ.	21. ὀψιτ.
23. μητέρα anstatt γαστέρα	23. γαστέρα — aber αστ in einer Rasur.
25. ἀνδρα	25. ἄνδρα
30. οὗτος fehlt	37 fehlt
	38. ἔχησε
43. βομβὸν	43. ἀκούεις — aber εις aus Corr.
44. ἡμετέροις	
45. ἢ πόϑι βαίνει	
50. μεν ἐσσὶ	
51. δ᾽ fehlt	
55. ἡμετέροιο	
58. ἀδίδακτος	58. ἀδιδάκτος
62. εἰ	62. εἰ
στρατίην	
68. ἀηϑέα	
72. δακνωμενων	
76. προσώπου	76. προσώπου
77. δέξοιτο	
80. ἐφείλατο	
ἀλείτην	
81. ὅτι anstatt ἵνα	81. ὅτι anstatt ἵνα
	83. ὄφρά μιν
	88. ἀλλά
89. ἀναστασειε	
96. μέτεϑηκε	
μενοινην (Unsicher, welcher Accent der ursprüngliche ist)	
101. ὀμίχλην	101. ὀμίχλην
110. Γαλίλαιον ἐάσσας	
115. ἢ anstatt ἤν	115. ἢ anstatt ἤν

Codex Florentinus.	Codex Venetus,
117. σαλὶμ	117. σαλὴμ
125. καϑάρμου	
130. κῆρυξ	
135. πολίται	
137. ἀμειβομένοισιν	137. ἀμειβομένοισιν
	138. ἐπ von ἐπουρ. in Rasur
140. μάρτυρες ἐστὲ	140. μάρτυρες ἐστὲ
148. ἀγχινέφη	
150. ὡς	
βροτόν aus βροτὸν corr.	150. βροτὶν, ἐστὶν
151. μείονος εἰμὶ	
153. ὄμμα anstatt αἷμα	
157. δέ οι	157. δέ οἱ
158. ϑειγόρον	158. ϑειγόρον
161. εἰς	
170. ἀπιϑήσει	
171. ὑψίστοι ϑυ (so!)	

Cap. IV.

5. ἔσκε	
7. μαϑηταῖς	
9. ἐς	9. ἐς
11. Σαμαρείας	
12. ὁδεύειν aus ὁδεύων corr.	
13. ποδὸς	13. ποδὸς
14. ἐς	14. ἐς
16. εἶχεν anstatt εἶχε	
	28, 29 fehlen
29. διψαλέοντι	
	30. καὶ γὰρ anstatt γὰρ τότε
32. ἀντικέλευϑον	
36. Ἑβραίων	
	39. Ἰουδαῖον σε
41. εἰς	42. καὶ Χριστός οἱ ἔειπε
	ἀπημάντῳ
	43. ὑψίστου
44. καὶ τις. — 47. ζώιον	44. καὶ τίς

Codex Florentinus.	Codex Venetus.
48. φυσίζωον	48. φυσίζωον (ω aus Corr.? über dem Buchstaben ein Circumflex ausgerieben)
49. ὦ	
51. ἀπὸ aus υπο corr.	55—68 fehlen; aber nach 54 ist Raum für 18 Verse gelassen.
55. ἀρσενόποδος	
58. ὅρκιον	73. μὴ κ̓ ἔτι
79. ἀγνώσσου	
	82. θεός δ̓
85. γνήσιος ἐστὶν	85. γνήσιος ἐστὶν
87 fehlt	87 fehlt; nach 86 ist Raum für einen Vers gelassen.
89. ἡμεων	90. πολυκνίσσῳ
92. Ἱεροσολύμων	
95. κάμπτειν	95. κάμπτειν
96. ὀκλάζοντας	
97. μοι	
100. ἡμετέροιο—βώμωι	100. ὑμετέροιο während des Schreibens aus ἡμετέροιο corr.
101. Ἱεροσολύμων	
110. θυηπόλος	110. ἀλλὰ aus ἀλλά corr. Das erste τ von τελ. zum Theil in einer Rasur.
112. ὑποκλίνουσι	116. συνήορα
118. καὶ δαπ.	
127. ἱκάνει	133. Nach diesem Verse ist Raum für zwei Verse gelassen; darauf folgt 87, der oben fehlte und darauf 134.
134. εἱρετο	
135. δίζεαι	135. Schrieb zuerst nach τί ein ζ, corr. sich aber sofort.
136. φθέγγεαι διαστίχουσα	136. φθέγγεαι
141. ἀκούει anstatt ἱκάνει	
142. ἀγγελίης	142. ἀγγελίης

Codex Florentinus.	Codex Venetus.
143. συρφετὴν	
144. στίχοντες	
145. ἐνὶ	145. ἐνὶ
149. δέχνυσο	149. δέχνυσο
	δὲ fehlt
152. μύϑωι	152. μύϑῳ
154. ὤπασσε	
156. πότον	
162. ἠνίδε	
164. ἀλωιαῖς	166. τελέϑουσιν
168. ἀμήσειε	
	170. νο von νοήμοια in einer Rasur?
171. ϑέσκελα λήϊα	171. ὄφρά κεν
172. τελέσσω	172. τελέσϑω
	173. Das erste α von ἀροτ. in einer Rasur.
176. ἀλάει μ ἀλωεύς (?)	
177. ἀλωέες	
179. εἰς κόπον	
180. ἀμῆσαι	
181. ἀλωιήν	
184. μαρτυρίην	184. μαρτυρίην
	186. ὅτέ οἱ
	188. πᾶσιν anstatt παῦσεν
	189. πτόλιν
193. εάσσας	
200. Γαλίλαιον	
203 Ἰρ. aus Ἰερ. corr.	
204. ατε	204. ὄⅢε
208. φύσιν	
210. ἰϑύνων στρατίην	210. ἰϑύνων
211. πάϊς	211. πάϊς
214. Zwischen 214 und 215 steht folgender Vers: νόστιμος οὖδας ἔδυνε φιληρέτμων γαλιλαίων.	214. Nach diesem Verse ist Raum für eine Zeile gelassen; darauf folgt der Vers: νόστιμος οὖδας ἔδυνε φιληρέτμων γαλιλαίων.

Codex Florentinus.	Codex Venetus.
215. Einige Buchstaben von ἔδρα-μεν haben gelitten.	
216. ἐρέεινε	
μὴ	
219. εἰ ἐμῆς	
230. καταστίχοντι	
	233. γίγνωσκε
	235—254 fehlen; nach 234 ist Raum für 12 Verse gelassen.
236. Schrieb zuerst πάροιϑεν δ	
241. στίχουσα	
243. ϑέσκελος	
246 steht nach 248 in folgender Fassung: εὐσεβίης ὅλον οἶκον ἀμεμφέος εἰς φάος ἕλκων.	

Cap. V.

2. κιονέην	2. κιονέην
4. τανυπλεύρῃσι	4. τανυπλεύροισιν
6. εὔρυτ.	5. δαιδαλέυς
	12. παρίππευσας
19. ἄσϑα (μ)	19. ἄσϑμα
28. ἐρευγόμενης während des Schreibens aus ἐρευγόμενος corr.	23. ϑυάδος
31. νουσαλέοις	
32. ἵσταντο	
33. πάνδοχον	
34. ἀκαμάτω—ἐπώμιδι	34. ἐπωμίδι
	38. σημάτορι (ν)
40. ϑυμιῶι	
43. εἴρετο	
47. στίχοντα	
48. ποινήτορι νούσωι	
50. μὴ κέτι	50. μὴ κ᾽ ετι
51. νοσήσῃις	

<table>
<tr><td>

Codex Florentinus.

66. ἀποκτείνειν

83. ἐμός aus ἐμὸς corr.
95. παλιγγενέα
98. μιῆς anstatt ἐμῆς

102. ὦντω
106. ἔχητε
115. ἑτερόφρονι

130. σφρηγίσσατο θεσμῶι
139. περι anstatt παρὰ
147. Wollte zuerst anstatt φθεγγ.
etwas anderes. — Schrieb zu-
erst στομάτεσσιν
152. κόσμου
153. οἷα anstatt υἷα

170. πιτιδέχμενοι
172. ἤ

</td><td>

Codex Venetus.

67. σέβας aus σέλας corr.
78. 84. ὕφρά κε

101. ἄσθμα (wahrscheinlich aus
ἄσθμα corr.)

115. ἑτερόφρονι
119. δέ μοι ἐστὶν
130. σφρηγίσσατο

152. κόσμου

167. σε von μειλίσσεσθε in
einer Rasur.
172. ῥὰ

</td></tr>
</table>